ISBN 978-2-211-07800-9
Première édition dans la collection *lutin poche* : septembre 1989

Loi numéro 49 956 du 16 juillet 1949 sur les publications
destinées à la jeunesse : septembre 1988
Dépôt légal : octobre 2020
Imprimé en France par Pollina à Luçon - 95333

GRÉGOIRE SOLOTAREFF

QUAND JE SERAI GRAND JE SERAI LE PÈRE NOËL

les lutins de l'école des loisirs
11, rue de Sèvres, Paris 6^{e}

Voici l’histoire d’un petit garçon qui s’appelait Noël.
Un jour, alors qu’il se promenait dans la forêt près de sa maison, Noël s’arrêta brusquement devant un grand sac rouge.

Quand il s'approcha pour observer le sac de plus près, il vit qu'il y avait une enveloppe posée dessus.

Sur l'enveloppe, il était écrit :

À CELUI QUI TROUVERA CE SAC :
OUVRE LA LETTRE
INSTRUCTIONS À L'INTÉRIEUR.

Noël ouvrit l'enveloppe et commença à lire la lettre. Comme l'écriture était toute tordue, il s'assit sur le sac et la lut très lentement, à haute voix, comme il le faisait à l'école.

La lettre disait ceci :

EMMANUEL
TOI QUI AS TROUVÉ
CE GRAND SAC ROUGE
NOUS TE DONNONS
RENDEZ-VOUS
DEMAIN MATIN
AU MÊME ENDROIT EXACTEMENT
MAIS ATTENTION
NE DIS À PERSONNE QUE
TU AS TROUVÉ CETTE LETTRE
ET CE SAC À DEMAIN
SIGNÉ
POMME
POUCE
ET
COCHONNET
1
2
3

À peine eut-il fini de lire la lettre que Noël entendit un bruit qui lui fit peur.

– Oh ! fit-il en laissant tomber la lettre par terre. Et il courut le plus vite qu'il put vers sa maison. En oubliant le grand sac rouge.

Quand il arriva à la barrière de sa maison, il voulut retourner chercher le sac et le cacher dans sa chambre, mais en regardant vers la forêt, il n'en eut pas le courage. Il faut dire que tout était blanc et qu'il ne voyait même plus dans quelle direction aller pour le retrouver.

Alors il rentra chez lui, se mit à table pour le dîner, et quand ses parents lui demandèrent ce qu'il avait et pourquoi il avait les joues toutes rouges, il faillit raconter ce qui lui était arrivé mais il s'arrêta juste à temps et dit :
– Mes joues sont toutes rouges parce que c'est ma couleur préférée.
Ensuite il alla se coucher.

Pendant la nuit, il rêva qu'il était un nain magicien
et qu'il était dans un grand lit rouge tout seul au milieu de la forêt.

C'était un rêve agréable mais qui faisait quand même un petit peu peur.

Heureusement le lendemain arriva très vite.
Dès le petit matin, Noël retourna au bois.
Le sac rouge était encore plus grand que la veille.
Il y avait une lettre posée dessus.
Noël l'ouvrit précipitamment et lut :

Mon cher Noël,
Nous t'avons aperçu hier soir (nous étions déguisés en oiseaux et en lapin).
Nous sommes heureux que ce soit toi qui aies trouvé cette lettre.
Nous te prévenons : ce sac est très, très lourd.
Si lourd, qu'à trois nous ne pouvons même pas le porter (il faut dire que nous sommes des nains).
Alors, s'il te plaît, peux-tu nous aider ?
Les trois Nains Magiciens
Pomme, Pouce et Cochonnet

Noël essaya de soulever le sac et, en effet,
il put à peine le bouger.

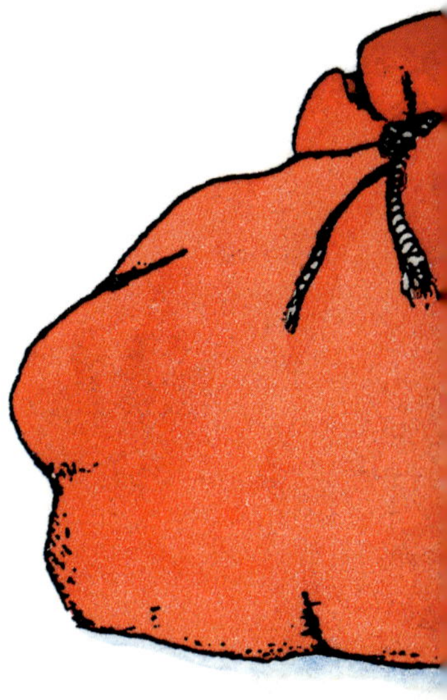

Il décida de le pousser jusque chez lui.
C'est alors que les trois nains arrivèrent.
– Ah ! dit le premier. Te voilà enfin ! Bonjour ! (Il parlait très vite.) Moi je suis Pomme, le chef ; lui, c'est Pouce ; et lui, c'est Cochonnet. On l'appelle comme ça parce qu'il mange comme un cochon. Je vois que tu as bien lu nos lettres. Voilà : nous sommes des nains fabricants de jouets. Nous avons traîné ce sac jusqu'ici mais nous ne pouvons pas aller plus loin. À l'intérieur du sac, il y a des centaines et des centaines de jouets. Tu comprends à présent pourquoi il est si lourd ! Pour le porter, il faudrait être grand, et toi tu es assez grand, alors voici ce que nous te proposons.

Pomme dit à Noël de se pencher très bas et lui chuchota quelque chose à l'oreille.
– Oh oui ! dit Noël une fois que le nain eut fini de lui parler.
– Mais c'est un secret ! N'oublie pas ! dirent les trois nains d'une seule voix. Au revoir et à demain !
Puis ils recouvrirent le sac de neige pour bien le camoufler et Noël retourna chez lui en dansant de joie.

Pendant que Noël dormait et pendant toute la journée suivante, les trois Nains Magiciens firent quelque chose d'extraordinaire : ils fabriquèrent un grand traîneau et allèrent trouver dans un pays magique des rennes volants.

Et, dès le coucher du soleil, ils revinrent frapper au carreau de la chambre du petit garçon qui dormait déjà :

– Eh ! Noël ! ça y est ! Nous sommes prêts ! Réveille-toi ! Mais réveille-toi donc, nous sommes en retard ! À présent, à toi de travailler. Mais n'oublie pas ta promesse ! Ne dis jamais à personne ce que nous allons faire !

– Non, non, dit Noël en s'asseyant sur le bord de son lit. Oh non ! Je n'oublie pas !

Noël revêtit ses habits préférés, entièrement rouges, prit son bonnet préféré, rouge aussi, et ses bottes.

Et ce fut le grand départ.

Les rennes volaient très bien. Ils allaient de village en village, se posaient sur le toit de chaque maison, et Noël descendait chez les gens par les cheminées pour laisser des cadeaux aux enfants.
Avant que le soleil ne se lève à nouveau,
les nains reconduisirent Noël,
épuisé, chez lui, et disparurent
après lui avoir dit au revoir
et fait promettre une fois
encore qu'il ne fallait
rien dire à personne.

Noël passa toute
l'année sans révéler
son secret à quiconque.
Il alla à l'école comme tous
les enfants et, quand l'été arriva,
il partit en vacances avec ses parents.

L'hiver suivant, le même jour exactement, le 24 décembre, les trois Nains Magiciens vinrent chercher Noël à nouveau pour aller distribuer les jouets.
Noël était très content de les aider. À présent, il savait très bien conduire le traîneau. Ils refirent le même voyage, de village en village et de ville en ville, et ce voyage dura encore toute une nuit.

Noël grandit.
Il devint un homme très fort, avec une grande barbe noire et une grande moustache noire comme du charbon. Il fit le même métier que les nains : fabricant de jouets. Si bien que chaque année il distribuait ses propres jouets aux enfants en plus de ceux des Nains Magiciens.

Plus tard, des années après, la couleur de sa barbe changea : elle devint d'abord grise, et puis blanche et sa moustache aussi.
Comme chaque année, les trois nains vinrent le voir. Cette fois ils lui dirent :
– Noël, voici ce que nous allons faire. Cette nuit, pour la première fois, nous allons te laisser seul faire le Grand Voyage. À présent tu n'as plus besoin de nous. C'est toi qui distribueras tout seul les jouets aux enfants. Nous sommes trop fatigués pour voyager si loin.
Noël était un peu triste de faire ce grand voyage tout seul. Il ne répondit pas tout de suite. Enfin il dit :
– J'accepte. Mais puisque vous êtes des magiciens, ne pouvez-vous pas me fabriquer un compagnon de voyage ?
– Mais bien sûr ! répondirent ensemble Pomme, Pouce et Cochonnet. Et, en effet, Pomme fit un geste magique et sortit de la capuche de Pouce un tout petit bonhomme assez drôle, tout vert, encore bien plus petit que les nains, qui vint s'installer près de Noël. Il avait un air très gentil, un peu l'air d'un chien, mais sans moustache. Il avait seulement une barbe. Noël l'appela Médor.

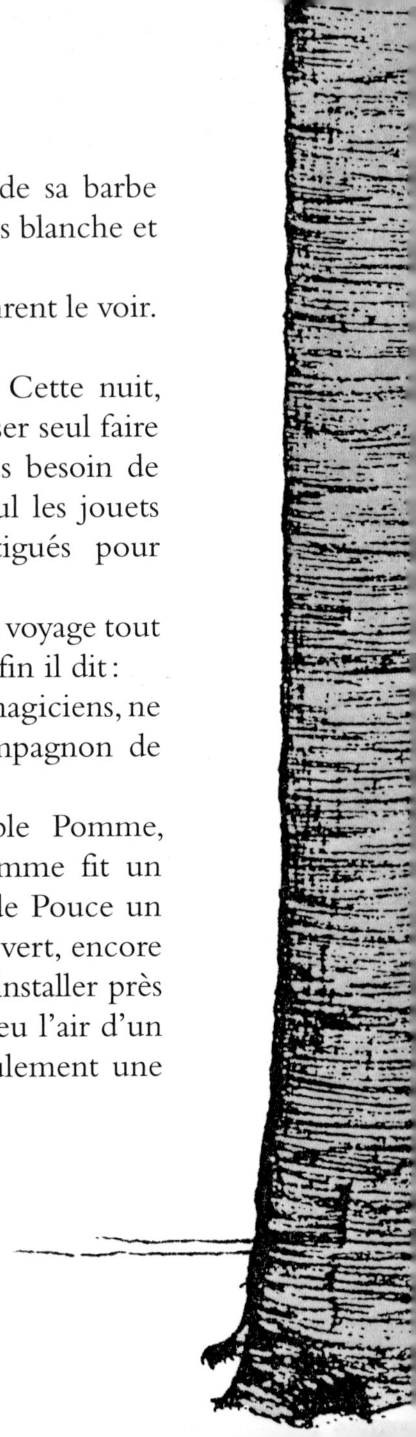

Noël partit faire sa tournée. Tout se passa bien.
Et depuis, tous les 24 décembre, accompagné de son petit copain tout vert, qui lui raconte des tas d'histoires et qui, de temps en temps, conduit même le traîneau, il fait la distribution des jouets dans le monde entier.

C'est ainsi que Noël, le petit garçon tout habillé de rouge qui aimait se promener dans les bois, est devenu le Père Noël que tout le monde connaît.
Et savez-vous quel secret les Nains Magiciens lui ont dit à l'oreille le jour où ils l'ont rencontré ?
« Noël,
Si tu nous aides chaque année
À distribuer les jouets,
Alors tu deviendras le Père Noël
Et tu ne mourras jamais. »